रिवेंज मैरिज

चरित्र दर्पण

हरीश जोशी

Copyright © Harish Joshi
All Rights Reserved.

ISBN 978-1-63781-841-1

This book has been published with all efforts taken to make the material error-free after the consent of the author. However, the author and the publisher do not assume and hereby disclaim any liability to any party for any loss, damage, or disruption caused by errors or omissions, whether such errors or omissions result from negligence, accident, or any other cause.

While every effort has been made to avoid any mistake or omission, this publication is being sold on the condition and understanding that neither the author nor the publishers or printers would be liable in any manner to any person by reason of any mistake or omission in this publication or for any action taken or omitted to be taken or advice rendered or accepted on the basis of this work. For any defect in printing or binding the publishers will be liable only to replace the defective copy by another copy of this work then available.

क्रम-सूची

भूमिका	v
1. अध्याय 1	1
2. अध्याय 2	4
3. अध्याय 3	7
4. अध्याय 4	12
5. अध्याय 5	14
6. अध्याय 6	19
7. अध्याय 7	24
8. अध्याय 8	29
9. अध्याय 9	31
10. अध्याय 10	35
11. अध्याय 11	37
12. अध्याय 12	40
13. अध्याय 13	43
14. अध्याय 14	46
15. अध्याय 15	48

भूमिका

आपने लव मैरिज व अरेंज मैरिज नाम तो सुने ही होंगे और आप किसी की लव मैरिज व किसी की अरेंज मैरिज में तो शामिल भी हुए ही होंगे लेकिन मेरी पुस्तक का शीर्षक "रिवेंज मैरिज" एक कहानी से सम्बंधित है जैसा की नाम से ही जाहिर है की बदला लेने के लिए की गई शादी। यह एक कहानी भी है और आज की युवा पीढ़ी के भटके हुए नौजवानो के लिए एक अच्छा सबक भी और साथ ही साथ यह उन माता पिता के लिए एक सीख देने वाली कहानी भी है जो अपने बच्चों को अपनी छमता के अनुसार तो सब कुछ दे देते हैं लेकिन उन बच्चों की खुशियों के चलते उनको एक सही वातावरण प्रदान नहीं करा पाते, या यूँ कह सकते हैं की अपने बच्चों की गलत आदतों पर अंकुश न लगाने के कारण किसी भी माँ बाप को भविष्य में क्या परेशानी का सामना करना पड़ सकता है "रिवेंज मैरिज" में उन सभी बातो पर प्रकाश डालने का मेरा प्रयास रहा है। यह कहानी किसी के जीवन की वास्तविकता से भी सम्बन्ध रख सकती है क्योंकि आज के युवा पश्चिमी सभ्यता के खोखले आडम्बरो में इतने गहराई तक खो चुके हैं की उनको भारतीय संस्कृति व सभ्यता की पहचान करवाने का प्रयास करना बहुत ही मुश्किल है ।

"रिवेंज मैरिज" शीर्षक इस कहानी को इसलिए दिया गया है क्योकि यह कहानी प्रदर्शित करती है एक ऐसे दुखी माँ बाप के जीवन को जिसकी बिगड़ी हुई एक नाकाबिल संतान ने सिर्फ अपने स्वार्थ की पूर्ती और अपने माँ बाप के नाम को मिट्टी में मिला देने की नियत से ऐसा कदम उठाया जिसके कारण उसके माता पिता का जीवन अंधकारमय हो गया और उस गलती का परिणाम उस नाकाबिल संतान को भविष्य में किस प्रकार से भुगतना पड़ा यह सब आपको "रिवेंज मैरिज" को पढ़ने के बाद ही ज्ञात होग।

कुल मिलाकर यह कहानी पारिवारिक तानेबाने और सामाजिक दृष्टिकोण के धागों से बुनी हुई वर्तमान युवा पीढ़ी और बच्चों को एक हद तक खुली छूट देने वाले माँ बाप हेतु एक प्रेरणादायक कहानी सिद्द

होगी।

कुल मिला कर इस पुस्तक को आप किसी ब्यक्ति विशेष का चरित्र दर्पण भी कह सकते हैं।

1

विपुल देव एक बहुत ही सज्जन पुरुष हैं और उनकी धर्म पत्नी दीपा देवी एक कुशल गृहणि के साथ साथ एक कुशल मैनेजर भी हैं। मैनेजर से यहाँ मतलब किसी कम्पनी, संस्था या बैंक के मैनेजर से नहीं बल्कि घर की सभी ब्यवस्थाओ को सुचारु रूप से चलाना जिसमे घर के फ़ालतू खर्चो पर अंकुश के साथ साथ बच्चों की सही परवरिश शामिल है।

१९६० में उत्तराखंड के सुदूर पहाड़ी गांव में एक निम्न माध्यम वर्ग परिवार मैं जन्मे विपुल देव जी का बचपन काफी मेहनत भरा रहा विपुल देव जी के पिता शिक्षा विभाग से हेड बाबू के पद से रिटायर थे। १९८० में नजदीकी गांव से दीपा देवी से उनका विवाह संपन्न हुआ। अपने पिता के मेहनत व ईमानदारी भरी नौकरी से प्रेरित हो एवं अपने जीवन यापन हेतु विपुल देव जी ने शिक्षा विभाग में संविदा के आधार पर नियुक्ति प्राप्त कर ली। समय के साथ साथ नौकरी का तजुर्बा और नौकरी करने का तरीका भी बदल रहा था, मगर विपुल देव जी की एक ख़ास आदत जो कभी न बदली वह थी नौकरी के प्रति वफादारी एवं उनकी ईमानदारी। वर्ष १९८२ में विपुल देव जी के घर एक पुत्र ने जन्म लिया जिसका नाम दोनों पति पत्नी ने उमेश रखा। १९८४ में एक पुत्री के जन्म के साथ ही विपुल देव जी की संविदा की नौकरी पक्की नौकरी में बदल गई अब विपुल देव जी पक्के सरकारी मुलाजिम हो गए और इस बात का श्रेय विपुल देव जी ने दिया अपनी पुत्री को जिसका नाम उन्होंने लक्ष्मी इस आधार पर रखा क्योकि उस पुत्री के पैदा होते ही उनकी संविदा की नौकरी पक्की सरकारी नौकरी में परिवर्तित हो गई। माता पिता का स्नेह पुत्री

के प्रति अधिक बढ़ता रहा और समय यूँ ही गुजरता गया। विपुल देव जी के दोनों बच्चे अपने माता पिता की छात्र छाया में ही रहे। विपुल देव जी की सरकारी नौकरी इस प्रकार से थी की कभी राज्य के एक शहर व कभी किसी गांव के छेत्र में उनका स्थानांतरण होता ही रहता था जैसा की सभी सरकारी नौकरियों में होता ही रहता है की हर ५ या ८ साल में नई जगह स्थानांतरण। विपुल देव जी ने भी बच्चो के उज्जवल भविष्य को देखते हुए अपने पत्नी व बच्चो को गांव में रखना उचित न समझा और अपने साथ ही सदैव रखा।

नौकरी के साथ साथ बेटे व बेटी की स्कूल की शिक्षा का भी ख्याल रखना जरूरी था तो नजदीकी सबसे बेहतर स्कूल में बच्चो का एडमिशन करवा दिया।

सामान्य रूप से जीवन चल रहा है। सब कुछ कुशल पूर्वक है, बच्चे अभी छोटे ही हैं और उनकी स्कूली शिक्षा और आने वाले भविष्य के लिए माता पिता का चिंतित होना स्वाभाविक होता है।

विपुल देव जी की पत्नी दीपा देवी हालाँकि अपने पुत्र से स्नेह रखती हैं मगर न जाने क्यों उनको बेटी के प्रति कुछ ज्यादा ही लगाव था। शायद इस लिए भी क्योकि उनके खुद के मायके की तरफ से उनके बड़े भाई का ब्ययवहार उनके माता पिता के प्रति कभी अच्छा न रहा। और वे स्वयं तीन बहने और एक भाई हैं जिनमे भाई सबसे बड़ा है और दीपा देवी दुसरे नंबर पर अपने मायके की तरफ से बड़ी बेटी हैं। बचपन से ही उन्होंने अपने भाई की गलत आदतों और बड़े होने पर माता पिता के प्रति बेटे का बुरा ब्यवहार देख कर दीपा देवी शायद बेटो के प्रति थोड़ा सी उदासीन हो गयी।

एक दिन की घटना है की विपुल देव जी के ही विभाग के किसी कर्मचारी की स्कूटर को उनके साथ के ही किसी अन्य कर्मचारी के बेटे ने छेड़ छाड़ कर दी और नाम लगा दिया विपुल देव जी के बड़े बेटे उमेश का। अब उस ज़माने में किसी के पास स्कूटर होना बहुत बड़ी बात हो जाती थी , तो विपुल देव जी अपने घर आ कर अपने ८ वर्षीय बेटे से बस इतना ही पूछते हैं की उमेश क्या आपने चौहान जी के स्कूटर को छेड़ छाड़ किया ? उमेश बेचारा प्रश्न को समझ पता उस से पहले ही दीपा देवी ने क्रोध में भर कर

एक लकड़ी के टुकड़े से उस ८ वर्षीय बालक के आँखों में ऐसा प्रहार किया की उमेश की बायीं आँख तुरंत सूजन युक्त हो गई, यह देख विपुल जी घबरा गए और आनन फानन में बेटे को ले कर सरकारी स्वास्थ्य केंद्र में ले गए जहाँ की डॉक्टर ने बताया की थोड़ा सा किनारे होने की वजह से आँख बच गई वरना ये आँख तो किसी भी काम की न रह जाती। दवा करवा कर विपुल जी बेटे को घर ले आये और दीपा देवी को खूब खरी खोटी सुना डाली। दीपा देवी को उस दिन अपनी ऐसी हरकत पर बहुत दुःख हुआ और विपुल देव जी से माफ़ी मांग कर बच्चो पर भविष्य में ऐसा दोबारा न करने का वचन दिया।

2

उत्तराखंड आंदोलन की ज्वाला चरम स्तर पर भड़की हुई थी। हालाँकि विपुल देव जी को इस आंदोलन में जाने की जरूरत इस लिए भी न हुई क्योकि सरकारी नियम व कानूनों से बंधे हुए थे फिर भी उस समय राज्य सरकार के कुछ संस्थान भी उत्तराखंड राज्य की मांग हेतु उतने ही सक्रिय हुआ करते थे जितने की अन्य आंदोलनकारी। उत्तराखंड राज्य जरूरत भी थी पहाड़ो की समस्याओ को सुधार करने हेतु। ९ नवंबर २००० से पहले उत्तराखंड राज्य उत्तरप्रदेश का ही एक अभिन्न अंग हुआ करता था लेकिन उस समय के राजनेताओ के पहाड़ो के प्रति उदासीन रवैये को देखते हुए उत्तराखंड राज्य का उत्तरप्रदेश राज्य से अलग होना ही पहाड़ो व पहाड़ी जन मानस के विकास हेतु आवश्यक हो गया था।

राज्य के आंदोलनों की भेंट उस समय के सरकारी संस्थानों के कर्मचारी भी चढ़ने लगे और वो कैसे ? वो ऐसे की राज्य सरकार ने सभी कर्मचारियों की वेतन बंद कर दी। अब सिर्फ वेतन पर निर्भर रहने वाले कर्मचारी तो कैसे अपना जीवन यापन करें यह एक समस्या बन गई थी और विपुल देव जी भी इस समस्या से जूझने वालो में से एक थे।

ऐसे समय में विपुल देव जी की पत्नी ने अपना पत्नी धर्म निभाते हुए पति के कदम से कदम मिलते हुए स्थानीय गाँधी आश्रम उद्योग में कताई व बुनाई का काम अपना लिया और अपने कताई बुनाई के काम से जो भी धन राशि प्राप्त हुई उस से ही लगभग ८ महीने विपुल जी के घर का राशन पानी का गुजारा हो पाया । अपनी पत्नी के इस कदम ने विपुल देव जी को पत्नी के प्रति और भी निष्ठावान बना दिया। और हो

भी क्यों न आखिर पति पत्नी का रिश्ता होता ही ऐसा है की सुख दुःख में एक दुसरे के साथ कदम से कदम मिलकर खड़ा रहना और आने वाले हर कठिनाई से मिलकर लड़ना।

दीपा देवी जी ने एक कुशल गृहणि होने का पूरा पूरा परिचय निरंतर विपुल देव जी को दिया और जब भी जरूरत पड़ी दीपा देवी जी ने अपनी समझदारी व सूझ बूझ से विपुल देव जी का हमेशा साथ दिया। चाहे वेतन से बचत करने जैसी बात हो या घर खर्च जैसी बात हो हर समस्या का हल सुब्यवस्थित तरीके से करने में सक्षम।

उधर बच्चो की भी उम्र और कक्षा बढ़ती जा रही थी , विपुल देव जी के बड़े बेटे उमेश की हाई स्कूल की पढाई का विशेष महत्व था क्योकि उस समय उत्तर प्रदेश बोर्ड की परीक्षा काफी कठिन मानी जाती थी।

आखिर वह दिन भी आ ही गया जब हाई स्कूल का परिणाम घोषित हुआ लेकिन उमेश के परिणाम ने विपुल जी को निराशा से भर दिया क्योकि उमेश का परिणाम सफल न रहा। अब तो विपुल देव जी का उमेश से मन खिन्न सा हो गया और दीपा देवी ने भी उमेश से किसी प्रकार की आस छोड़ दी। परन्तु कारण की तह तक जाने के बजाय उमेश को ही पूरा पूरा दोषी घोषित कर दिया गया।

दीपा देवी जी ने पुत्र से ज्यादा अपनी पुत्री से उम्मीद रखी थी की वह ही कुल का नाम रौशन करेगी , सो हमेशा से बेटी के प्रति अपना सर्वस्व न्योछावर करने की ठान ली थी। खैर इस बात का उमेश पर इस लिए कोई प्रभाव नहीं पड़ा क्योकि एक तो वह बच्चा ही था पर अपनी असफलता को सफलता में बदलने हेतु वह पुनः प्रयासरत हो गया और अगले वर्ष पुनः परीक्षा दे कर सफल भी हो गया। लेकिन असफलता का तमगा जो उस पर एक बार लग गया था सदैव घर में छोटे भाई बहनो के सामने उसको कभी कबार उजागर कर दिया जाता था।

हालाँकि किसी बच्चे की शैक्षिक असफलता को बार बार उसके सामने प्रदर्शित करना उस बच्चे के भविष्य के साथ खिलवाड़ करने जैसा ही है। क्योकि ऐसे कई उदाहरण है जो की किसी कक्षा में असफल होने के बाद भी सही मार्गदर्शन के चलते कई लोग तरक्की की ऐसी ऊंचाइयों पर पहुंचे हैं जहाँ तक पहुंचना हर इंसान के लिए मात्र एक सपना जैसा हो

जाता है।

3

समय अपनी करवट बदलता रहा और विपुल देव जी का परिवार हंसी ख़ुशी सामान्य तरीके से चल रहा था। उमेश हालाँकि माता पिता के अनुरूप पढ़ने में तीव्र बुद्धि का तो नहीं हुआ लेकिन कठिन मेहनत करने में सक्षम था जिस कारन वह अपनी असफलता को सफलता में बदलने मैं कामियाब हो गया। लेकिन हर माता पिता की एक कमजोरी हमेशा ही रही है शायद अब के समय में न हो परन्तु १९ के दशक में यह एक सामान्य सी धरना हर घर में हो गई थी की माता पिता अपने बच्चो की तुलना पड़ोस या अपने परिवार के किसी बुद्धिमान बच्चे से करना चाहते थे, और यह ही नहीं हर माता पिता अपने बच्चे की विषय के प्रति रुचि जाने बिना उन पर अपने आदेशों का बोझ अपने पसंद के विषय को रखवा कर कर ही लेते थे।

ऐसा ही उमेश के साथ भी हो रहा था उमेश अपने आप में एक कुशल चित्रकार भी था छोटी सी उम्र में मोहल्ले के सभी बच्चो के कला से सम्बंधित कार्यो के लिए सदैव तत्परता से मदद कर देता था। हालाँकि यह बात दीपा देवी व विपुल देव भी जानते थे की उमेश की चित्रकारी में रुचि है और वह एक अच्छा चित्रकार भी बनना चाहता था परन्तु जबरन उमेश को विज्ञान के विषयो के साथ ही पढाई जारी रखने का आदेश माता पिता द्वारा दे दिया गया और कारण थे विपुल देव जी के बड़े भाई जो की एक दिन घर पर आ कर यह कह गए की विज्ञान विषय के अलावा जो भी बच्चा स्कूल में पढ़ने जाता है वह पढ़ने नहीं सिर्फ तफरी करने स्कूल जाते हैं और भविष्य में किसी भी मुकाम को हांसिल नहीं कर पाते। इसे

आप विषयो के प्रति अज्ञानता या उस ज्ञान की कमी भी कह सकते हैं जो हर कुशल माँ बाप को आज के समय में जरूरी है।

आप अपने बच्चो को उनकी रुचि के अनुसार ही विषयो का चयन करवाइये और किसी प्रकार का भी मानसिक दवाव न दिया जाये ताकि बच्चा अपने रुचि के अनुसार अपना भविष्य तय कर सके, खैर जो होना था वह हो रहा था और उमेश की स्कूली शिक्षा हिचकोले खाते हुए आगे बढ़ रही थी। लक्ष्मी बेटी भी उमेश से मात्रा २ साल ही छोटी थी और पढाई भी ठीक ही चल रही थी। माता पिता का लगाव लक्ष्मी के प्रति और भी अधिक बढ़ता जा रहा था शायद बेटी थी इस लिए। जहाँ उमेश को बड़े बेटे होने का भी फ़र्ज़ निभाना था वहीं लक्ष्मी को माता पिता का लाड प्यार इस कदर मिलता जा रहा था की विपुल देव जी आँख बंद कर लक्ष्मी की हर बात पर भरोषा कर लेते थे और बेटी की किसी भी मांग को कभी नकारते न थे।

बेटा हो या बेटी एक उम्र ऐसी होती है जहाँ पर बच्चो को बाहरी समाज में जाना होता है, नए दोस्त मिलते हैं और नया माहौल। अब माता पिता हर समय बच्चो के साथ तो रह नहीं सकते लेकिन अपने बच्चो को समझाना और गलत व सही में फर्क बताने का हर माता पिता का फ़र्ज़ होता है।

उमेश भी १२ वी पास कर अब स्नातक हेतु महा विद्यालय में प्रवेश ले चूका है और लक्ष्मी अभी ११ वी कक्षा में पढाई कर रही है। कालेज में उमेश के कुछ खास मित्र भी बन गए और जो सबसे खास मित्र था वह था अतुल, अतुल के पिता भी एक फ़ौज से सेवानिवृत थे और माता गृहणि। अतुल और उमेश की दोस्ती हालाँकि १० वी से थी मगर १२ पास करने के बाद दोनों ने एक ही कालेज में एडमिशन ले लिया तो दोस्ती और मजबूत हो गई। दोनों की दोस्ती ऐसी थी की एक दुसरे के माता पिता भी जानते थे की दोनों कितने पक्के मित्र हैं, दोनों का एक दुसरे के घर आना जाना था और वे दोनों अपने जानने वालो के लिए एक अच्छी दोस्ती की मिसाल भी बन गए। लोग उनकी दोस्ती का उदाहरण देने लगते थे। एक दूसरे के पारिवारिक समारोह में दोनों ऐसे हिस्सा लेते की कोई यह न कह सकता की उमेश और अतुल कोई अलग परिवार के हों, कई लोग तो उनको आपस में सगा भाई समझ लेते थे।

उधर लक्ष्मी की इण्टर की पढाई भी अनवरत जारी थी लक्ष्मी भी अपने घर से स्कूल और स्कूल से घर की नियमित दिनचर्या पर अपनी पढाई को पूरा कर रही थी।

सब कुछ सामान्य रूप से चल रहा था और विपुल देव और दीपा देवी जी खुश थे की जीवन के कई उतार चढ़ाव के बावजूद सब कुछ सही रूप से चल रहा था और जिस बेटे के लिए वो चिंतित थे वो भी अपनी स्नातक के स्तर की पढाई को पूर्ण करने के करीब था। विपुल देव जी को चिंता रहती तो बस इस बात की कि अगर बेटा बाहरी समाज के संपर्क में आकर बिगड़ गया या कोई गलत हरकत कर गया तो समाज में बदनामी और इतने साल कि इज्जत का क्या होगा जो इस समाज में उन्होंने कमाई है। पर अभी वे खुश थे कि उमेश किसी प्रकार से दिशा भ्रमित न हुआ और अपने लक्ष्य को प्राप्त करने हेतु अग्रसर था। विपुल देव व दीपा देवी उमेश के दोस्त अतुल को अपने बेटे जैसा ही मानते थे और उमेश कि सारी चिंता उन्होंने अतुल के सर माथे थमा दी। वे हमेशा अतुल को कहा करते कि बेटा अतुल तुम उमेश का ध्यान रखा करो पढाई में उमेश कि सहायता किया करो क्योकि उमेश थोड़ा पढ़ने में कमजोर है। इस बातो को सुन उमेश को क्रोध तो आता मगर अतुल के कारण वो अपने माता पिता को कुछ कहना न चाहता था।

अब चूँकि अतुल और उमेश अच्छे दोस्त थे तो अतुल को उमेश के विषय में और उमेश को अतुल के विषय में अधिक जानकारी होना स्वाभाविक ही था।

कालेज में ही अतुल का एक क्लास कि सहपाठी से प्रेम प्रसंग शुरू हो गया और उमेश ने भी अतुल के उस प्रेमप्रसंग को सफल बनाने हेतु भरसक प्रयास किये जैसा कि हर युवा वर्ग में होता है दोस्ती के लिए जान देना और दोस्ती में किसी भी कठिन काम को करना दोस्त का एक जूनून होता है। स्नातक प्रथम वर्ष में ही अतुल को भविष्य कि चिंता न होने कि बजाय प्यार के चक्करो में आना अतुल के लिए हानिकारक था यह बात अतुल भी जनता था और उमेश ने वैसे दोस्त होने के नाते उसको समझाया भी लेकिन अतुल ने सिर्फ कुछ समय कि दोस्ती के नाम पर प्रेम प्रसंग में उलझना अपने युवा होने का प्रमाण मान लिया।

प्रथम वर्ष की परीक्षा पास होने के बाद द्वितीय वर्ष के प्रारम्भ में जब कालेज के एडमिशन शुरू हुए तो फिर से दोस्तों का मेल मिलाप शुरू हो गया फिर से नै ताज़गी ले कर बच्चो ने अपने कालेज का शुभारम्भ कर दिया। अतुल का प्रेम वाला विषय अभी भी चल ही रहा था। अब अतुल का लगाव अपनी महिला मित्र की तरफ ज्यादा होने की वजह से उमेश से भी उसका मिलना जुलना कम ही हो पता था , कभी कबार कालेज में ही अतुल और उमेश की भेंट होती तो अतुल को सदा ही उसकी महिला मित्र के साथ देखकर उमेश अपने रस्ते चल देता। ये सिलसिला चल ही रहा था की लगभग १ माह तक उमेश को अतुल से कालेज में भेंट न हुई तो उमेश चिंतित हो गया तो उमेश ने अतुल के घर पर फ़ोन कर उसका हाल चाल लेने की सोच। फ़ोन अतुल की माता जी ने उठाया तो उमेश ने माता जी प्रणाम कह कर अतुल का हाल जानने की कोशिस की उमेश का फ़ोन सुनते ही अतुल की माता जी रो पड़ी और कहने लगी की न जाने क्या हो हो गया मेरे अतुल को किसी से बात भी नहीं कर रहा और गुमसुम सा है कई दिनों से, बेटा क्या हुआ तू तो इसका अच्छा दोस्त है, तुझे तो जानकारी होगी। यह सुन उमेश ने कहा नहीं माता जी मुझे तो इसने कुछ बताया नहीं और कई दिनों से मैं भी इससे नहीं मिल पाया, एक बार मेरी बात करवा दो माता जी अतुल से। अतुल की माता जी ने अतुल को फ़ोन देते हुए कहा की उमेश का फ़ोन है कम से कम अपने दोस्त से ही बात कर कर ले तब जा कर अतुल ने उमेश से बात की। उमेश ने अतुल से पुछा की क्या समस्या है और क्यों वो कई दिनों से कालेज नहीं आ रहा है तो अतुल ने उमेश को शाम के समय मिल कर बात करने को कहा।

शाम के समय तय समय पर उमेश और अतुल घूमने के बहाने मिलते है तो अतुल उमेश को बताता है की उसकी महिला मित्र की सगाई हो चुकी है और उनके प्रेम प्रसंग के बारे में लड़की के घर वालो को भी जानकारी हो चुकी है और क्योकि वह लड़की है और बालिग भी तो उसके माता पिता ने उसका रिश्ता तय करवा दिया है और हम तो अभी पढ़ ही रहे हैं और नौकरी भी लगने में समय है इस लिए अतुल अपने माता पिता से इस विषय में बात भी नहीं कर सकता।

उमेश बात को समझ कर अतुल को समझने का प्रयास करता है की देख

भाई यह तो कालेज का एक अट्रेक्शन है इसको भूल कर तू भी अपनी लाइफ और कॅरिअर पर ध्यान दे और इन बातो को छोड़ और पढाई पूरी कर। मगर अतुल कुछ समझना नहीं चाहता था उसके दिमाग में तो प्यार का भूत सवार हो चूका था अतुल ने उमेश को साफ साफ कह भी दिया की अगर तू कोई मदद नहीं कर सकता तो इस मामले में उसको कुछ समझने की भी जरूरत नहीं यह सुन उमेश अपने दोस्त के प्रति चिंता का भाव ले कर वापस अपने घर आ गया।

4

उस दिन की मुलाकात के बाद उमेश ने अतुल को कई बार समझने का प्रयास किया लेकिन अतुल अब किसी और की बातो को तबज्जु नहीं देता था इस लिए उमेश ने अब अतुल को कुछ कहना और समझाना ब्यर्थ समझा। अतुल भी अपने मन में कई गहराइयों को समेटे हुए अपनी कालेज की पढाई में फिर से रम गया। उमेश और अतुल की दोस्ती में वो बात भी अब न रह गई और यही बात उमेश को बहुत बुरी लगने लगी थी की आखिर एक लड़की ने उसके दोस्त की जिंदगी में आकर कैसी हलचल मचवा दी उस लड़की को तो इस बात का कोई फर्क इसलिए नहीं था क्योकि ये जवानी की दहलीज का पहला कदम था परन्तु अतुल ने उसको बहुत गंभीरता से ले लिया था। किसी अन्य दोस्त के हवाले से उमेश को पता चला की अतुल ने उस लड़की को अपने वाश में करने हेतु काळा जादू का भी सहारा लिया है अतुल का शमशान घाट में रहने वाले अघोरी बाबा से भी संपर्क है और वह किसी बाबा को अपना गुरु बना चूका है और कई कई रातो को वह उस बाबा से शिक्षा लेने शमशान पहुंच जाता है।

इतना बड़े परिवर्तन वह भी एक सामान्य सी उम्र के बालक पर इस बात का उमेश को बहुत आश्चर्य हुआ और उसने अतुल को फिर से समझाने का प्रयास किया लेकिन अतुल तो जैसे उस पर भूत सवार हो गया था अब वह सिर्फ उस महिला मित्र को अब अपना दुश्मन मान कर उसके नुक्सान हेतु किसी भी हद तक जाने को तैयार था। जब उमेश को यह बात पता लगी तो उसे अतुल को समझाया मगर उमेश का समझाना

भैंस के आगे बीन बजने जैसा प्रतीत हो रहा था।

समय व्यतीत होता रहा और स्नातक के तीसरे वर्ष के प्रारम्भ में एक दिन अतुल उमेश से मिला और उमेश के घर जाने की जिद करने लगा उमेश क्योकि उसका अच्छा दोस्त था तो वह अतुल को अपने घर ले गया अपने घर में आदर सत्कार किया और फिर दोनों दोस्त पुरानी बातो में खो गए। अतुल ने उमेश को बताया की अब वह समझ गया है की वह परछाई के पीछे ही भाग रहा था और अब वह सुधर गया है व अपनी पढाई और भविष्य के प्रति पहले जैसा लक्ष्य ले कर फिर से आगे बढ़ेगा और इस समय उमेश को उसने अपना सबसे बड़े सहारा मान लिया। उमेश को ख़ुशी थी की उसका दोस्त सुधर गया है और वह उसकी पूरी पूरी मदद करने को भी तैयार था।

अतुल और उमेश की दोस्ती का बंद पड़ा अध्याय फिर से पहले जैसे चलने लगा था फिर से दोनों का एक दुसरे के घर आना जाना शुरू हो गया और सब कुछ ऐसा था जैसा प्रथम वर्ष के शुरुवाती दिनों में। अतुल की माता जी भी उमेश को पहले से अधिक मानने लगी थी क्योकि उनको लगता था की अतुल के जीवन की उथल पुथल को शांत करने में और अतुल को फिर से पहले जैसा बनाने में दोस्त के समझाने का बहुत बड़े योगदान है। अब तो अतुल की माता जी उमेश की माता जी से भी मेल मुलाकात करने लग गयी थी और अतुल और उमेश की दोस्ती पहले से ज्यादा गहराती जा रही थी।

5

उमेश अपने कालेज की क्लास पूरी करने के बाद अपने घर के दरवाजे को खटखटाए जा रहा है लेकिन कोई अंदर से दरवाजा खोलने को काफी देर से नहीं आ रहा था। उमेश ने सोचा की घर के सभी लोग कहा चले गए इतने में उमेश की बहिन ने दरवाजा खोला और बोली अरे भैय्या आप हो मुझे लगा पता नहीं कौन है। उमेश ने लक्ष्मी के इन शब्दों को सुन कर कहा की कोई भी हो अगर दरवाजा खटखटा रहा है तो तुझे अंदर से आवाज तो देनी चाहिए थी न, कहाँ इतना ब्यस्त हो रखी थी जो की दरवाजा खोलने में इतनी देर कर दी? और माँ कहाँ है ?

लक्ष्मी ने बताया की माँ पड़ोस में कोई बीमार हैं उनकी याद करने गयी हैं और पापा तो अपनी ड्यूटी पर हैं बाकी मैं ही घर पर हु अभी।

उमेश ने बात को ज्यादा न बढ़ाते हुए घर के अंदर प्रवेश किया तो देखा की फ़ोन का रिसीवर साइड में रखा हुआ है जैसे की कोई किसी से बात करते करते फ़ोन को साइड में रख कर आया हो, तो यह देख उमेश ने लक्ष्मी को कहा क्या तू किसी से फ़ोन पर बात कर रही थी तो लक्ष्मी ने जवाब दिया हाँ उसकी स्कूल की किसी सहेली का फ़ोन था इसी लिए वो जल्दी दरवाजा खोलने भी नहीं आयी। उमेश ने लक्ष्मी को कहा की ठीक है जा बात कर ले अपनी सहेली से तो इतने में दूसरी साइड से फ़ोन करने वाले ने फ़ोन काट दिया था।

शाम का समय था उमेश अपने घर में अकेला बैठा था और सभी लोग घर के आँगन में बैठे थे, इतने में एक फ़ोन की घंटी बजी तो उमेश ने फ़ोन रिसीव किया ....

हेलो ! हेलो ....
कौन बोल रहा है ....
किस से बात करनी है ?
मगर दूसरी तरफ से कोई जवाब नहीं आया और दूसरी तरफ से फ़ोन का रिसीवर रख दिया गया।
न जाने कौन है जो बात नहीं किया .... उमेश बड़बड़ाते हुए घर के आँगन में आ गया
कौन था बेटा? दीपा देवी ने उमेश से पुछा।
पता नहीं माँ कोई बिना बात किये ही फ़ोन काट दिया......
इतने में फिर से फ़ोन की रिंग बजने की आवाज़ आई तो उमेश फिर से कमरे के अंदर जा कर फ़ोन को रिसीव करने लगा
इस बार भी किसी का कोई जवाब नहीं....
उमेश फिर से बाहर आ गया और आँगन में बैठ गया
फिर से फ़ोन के बजने की आवाज आयी तो अबकी बार उमेश ने लक्ष्मी को कहा जा अब तू जा कर देख फ़ोन किसका आ रहा है
लक्ष्मी घर के अंदर चली गयी .... काफी देर हो गयी माँ लक्ष्मी किस से बात कर रही है और किसका फ़ोन है ?
दीपा देवी ने कहा... होगी कोई सहेली लक्ष्मी की।।।
उमेश आँगन से उठ कर घर के अंदर चला गया
लक्ष्मी ने उमेश को देखते ही फ़ोन पर बात करते हुए ओके बाई भैय्या आ गए कह कर फ़ोन काट दिया।
उमेश ने पुछा की लक्ष्मी किसका फ़ोन था जो तूने मुझे देखते ही बात बीच में रोक दी और फ़ोन काट दिया ?
कोई नहीं भैय्या मेरी एक सहेली थी।
सहेली थी तो मेरे सामने भी बात कर लेती .... मुझे तो दाल में कुछ काला नजर आ रहा है।
क्या दाल में काला तू मुझपर शक कर रहा है क्या?
दोनों भाई बहन आपस में इस बात पर लड़ने लगे तो इतने में उनकी आवाज़ सुन दीपा देवी जी घर के अंदर आ गई और बोलने लगी की क्यों लड़ रहे हो तुम दोनों ?

उमेश ने सारी बात माँ को बता दी तो दीपा देवी ने उमेश को यह कह कर टोक दिया की लक्ष्मी पर उनको पूरा भरोषा है वो एक बार के लिए उमेश पर विश्वास नहीं कर सकती पर लक्ष्मी पर उनको आँख बंद करने के बाद भी भरोसा है की वह कोई ऐसा वैसा गलत काम या किसी गलत सांगत में कभी नहीं जा सकती।

उमेश गुस्से में अपनी माँ को बोलने लगा की चलो मुझ पर भरोसा न करो क्योकि मैं लड़का हु पर लक्ष्मी पर भी आपको अब नज़र रखने की जरूरत है अब वो भी बड़ी हो गई है और इस उम्र में बेटा हो या बेटी दोनों पर सख्त नजर होनी आवश्यक है की कही वो किसी गलत राह पर तो नहीं जा रहे है।

दीपा देवी ने उमेश को कहा की तू मेरा ही बेटा है और अब तू माँ को समझायेगा की कैसे बच्चो को पालना है और कैसे उनको गाइडेंस देनी है...... तू अपने कालेज की पढाई पर ध्यान दे और जल्दी से किसी नौकरी की तलाश कर ले... पड़ोस के रावत जी का लड़का देख ५ साल हो गए उसको नौकरी करते हुए १२ वी पास करने के बाद ही भर्ती हो गया था वो ... और एक तू है की अभी तक बाप की कमाई पर है।

इतना सुन कर उमेश दुखी मैं से घर से बाहर निकल गया।

शाम को विपुल देव जी जब अपनी ड्यूटी से थके हरे घर पहुंचे तो दीपा देवी जी ने दिन भर का सारा बृतान्त उनको सुना डाला। इस पर विपुल देव जी उमेश पर क्रोध करते हुए बोले.... आने दो उमेश को उसकी हिम्मत कैसे हो गई हमारी प्यारी बेटी के लिए और अपनी बहन के बारे में ऐसा कहने की।।।

रात होते होते उमेश भी अपने घर पहुंच गया घर पहुंचते ही विपुल देव जी ने उमेश पर अपनी बोली के प्रहार करने शुरू कर दिए। उमेश को कहने लगे की अभी तो तू स्नातक ही कर रहा है और तू माँ और बाप से खुद को बड़ा समझने लगा है। किसी के के बारे में तू कौन होता है कुछ भी गलत कहने वाला? इतना सुन उमेश ने अपने पिता को भी समझाने का प्रयास किया और बोलै की पिताजी अगर वो इसकी सहेली ही थी तो इसने मुझे देखते ही फ़ोन क्यों काट दिया ? और उस से पहले जब भी मैंने फ़ोन उठाया तो किसी ने मुझसे क्यों बात नहीं की ?

में आज की इस बात से आपको समझाना चाहता हूँ की आप लक्ष्मी पर अँधा विश्वाश करना छोड़ दीजिये और इसकी हर गतिविधि पर नजर रखिये। बाकी मैं तो अब इसकी हर गतिविधि पर नजर रखूँगा क्योकि मैं भी इसका बड़ा भाई हूँ और इसका भला बुरा मुझे भी देखना है।

इतने में लक्ष्मी बोल पड़ी की भाई तुझे क्या जरूरत मुझ पर नजर रखने की और जब माँ और पिताजी को मुझपर पूरा विश्वाश है तो तू क्यों उनके विश्वास को तोड़ने के पीछे पड़ा हुआ है ?

घर में इतना आपस में कहा सुनी वाला माहौल देख विपुल देव जी ने गुस्से में आ कर उमेश के एक तमाचा जड़ दिया और बोला की तू अपनी गन्दी सोच को अपने ही पास रख... मैं जानता हूँ की तू पहले से ही इस बात से अपनी बहन से चिढ़ता है क्योकि हम उसको तुझसे ज्यादा मानते हैं और उस पर भरोसा करते हैं.....

नहीं पिता जी ऐसा कुछ नहीं मैं तो बस ....

चुप कर और बिना कुछ कहे अपने कमरे में जा.....

खाना बनेगा तो तुझे बुला दिया जायेगा .... जा अपनी पढाई कर ले।।।।

उमेश फिर से दुखी मन से अपने कमरे में चला गया। मन में कई प्रकार के सवाल लिए और माता पिता का उसकी बात को सुने बिना ही उस पर यह आरोप लगाना की वह अपनी बहन से किसी द्वेष भाव के कारन उस पर गलत आरोप लगा रहा है.....

अपने कमरे में सारी बाते सोचते सोचते ही उमेश की आँख कब लग गई उसे भी न पता लगा.......

जब आँख खुली तो सुबह हो चुकी थी और रात में किसी ने उसको खाने के लिए भी नहीं बुलाया यह सोचते हुए वह अपने कमरे से बाहर आया ही था की उसकी भेंट विपुल देव जी से हो गई,

विपुल देव जी उमेश को देख कर बोले .... हां उमेश अब शांत हो या अब भी मन में कोई सवाल या कोई शक है ......

उमेश ने अपने पिता की ऐसी बात सुन मुस्कान दी और बोला .... कुछ नहीं पिताजी आप यकीन करो न करो पर मुझे कुछ शक तो है और आप को बस सचेत कर रहा हूँ की लक्ष्मी पर ध्यान देना बेहद जरूरी है।

फिर वही बात ..... उस बारे में कोई बात न कर और अपना पढाई पर ध्यान दो... विपुल देव जी ने उमेश से कहा ।

ठीक है पिता जी जैसी आपकी मर्जी ..... उमेश यह जवाब देते हुए स्नानागार में चला गया।

6

उमेश की स्नातक की परीक्षा पूरी हो चुकी है और वह परास्नातक में प्रवेश हेतु अपने परीक्षा परिणाम का इन्तजार कर रहा है । लक्ष्मी भी स्नातक प्रथम वर्ष में प्रवेश हेतु कालेज जाने की तैयारी में है।

घर में पुरानी कक्षा की पुस्तकों को उमेश इकठ्ठा करने में लगा है और सोच रहा है की किसी जरूरत मंद को पुस्तक दे दी जाय। लक्ष्मी अपनी पुरानी पुस्तके लाओ .... उमेश ने लक्ष्मी को आवाज दी ....

ठीक है भाई अभी ले आती हूँ....

लक्ष्मी अपनी पुरानी पुस्तके उमेश को थमा देती है।

उमेश किताबो को विषयवार अलग अलग संभाल रहा है।

इतने में लक्ष्मी की एक किताब के अंदर से कोई फोल्ड कागज जमीन पर गिर गया जिसे देखते ही उमेश ने उसे खोला और पढ़ना शुरू कर दिया। जैसे जैसे उमेश उस कागज को पढ़ रहा था वैसे ही उसका चेहरा गुस्से में लाल होता जा रहा था।

उमेश ने चिल्ला कर विपुल देव जी को आवाज़ लगाई ...... पिताजी ! पिताजी !

विपुल देव जी .... क्या बात है ? उमेश क्यों चिल्ला रहे हो क्या बात है ?

पिता जी में जब आपको कहता था तो आपने मेरी बात पर यकीन नहीं किया। आज ये देख लो ये कागज आपको लक्ष्मी की सारी हक़ीक़त बता देगा।

कागज को अपने पिता के हाथ में थमा कर उमेश ने गुस्से में कहा।

विपुल देव जी उस कागज को पढ़ने लगे .... तो उनके माथे पर चिंता की

लकीरे और गहराती जा रही थी।

विपुल देव जी ने दीपा देवी को आवाज़ दी। तो दीपा देवी भागी हुई कमरे में आ गई।

ये देख लो ये क्या है इस कागज में क्या लिखा है ?

क्या लिखा है जी ..... दीपा देवी ने उत्सुकता वश पूछ लिया।

अरे क्या लिखा है ! ये तो हमारी बदनामी का पैगाम है। इस लड़की पर तूने मुझे भरोसा करने को कहा था ये तो बहुत ही जालिम निकली। इसने तो हमारे विश्वाश का गाला घोंट दिया है।

ये प्रेम पत्र है ! जो की किसी लड़के ने इसके लिए लिखा है।

हे ! भगवन कहाँ जाऊं ? किसी को मुँह दिखने लायक नहीं छोड़ा इस लड़की ने।

बेटा उमेश पहले से ही कह रहा था की पापा संभल जाओ लेकिंन में उस समय तेरी बातो में आ कर अपने बेटे को ही भला बुरा कहने लगा था।

इतना कुछ शोर शराबा सुन लक्ष्मी किचन से आयी और अपने माता पिता और भाई के सामने खड़ी हो गयी। लक्ष्मी के आते ही दीपा देवी ने एक जोरदार तमाचा लक्ष्मी के गाल पर जड़ दिया।

किसका है ये पत्र ?

लक्ष्मी स्तब्ध सी और मौन खड़ी थी। दीपा देवी लगातार उसको थप्पड़ मारे जा रही है लेकिन लक्ष्मी कुछ जवाब न दे रही है।

बता लक्ष्मी बता क्या इस पत्र में जो कुछ लिखा है वो सत्य है।

अगर यह सत्य है तो हमने तुझपर जो भरोसा किया। कभी भी कोई माँ बाप अपनी बेटी पर भरोसा करना छोड़ देंगे। बता ?

माँ ! यह पत्र अतुल का है .... लक्ष्मी के मुख से ये शब्द सुन कर घर में सन्नाटा छा गया।

क्या ? अतुल !

ये क्या कह रही है तू लक्ष्मी ? ..... उमेश ने पुछा

हाँ में सही कह रही हूँ...

और इसमें जो कुछ भी लिखा है उसने वो क्या सत्य है ? .... विपुल देव जी ने लक्ष्मी को फटकारते हुए पुछा।

हाँ सब कुछ सच है। .....और में अतुल से शादी करना चाहती हूँ.......

लक्ष्मी का यह जवाब सुन उमेश ने लक्ष्मी को एक थप्पड़ और जड़ दिया। अरे बेशर्म वो तो मेरा दोस्त था और जैसे में तेरा भाई हूँ ठीक वैसे ही वो भी तो तेरे भाई जैसा ही था... उमेश ।

नहीं तेरे बोलने मात्र से में उसको भाई कैसे मान लूँ।।

हमारे प्रेम प्रसंग के बारे में अतुल के घर वालो को भी जानकारी है ...... और अतुल की माँ तो मुझको अपनी बहु भी मान चुकी है.. लक्ष्मी ।

नहीं मेरे साथ दोस्ती में दगाबाजी हुई है। मैंने कभी भी अतुल के परिवार या उसके बहनो को बुरी नजर से नहीं देखा और उसने मेरे साथ ऐसा क्यों किया ?

जबकि अतुल की हर सच्चाई से मैं वाकिफ हूँ। फिर भी उसने ऐसा क्यों किया ? .... मैं उसे छोड़ूंगा नहीं... आज ही अपने और दोस्तों को लेकर उसकी हड्डी पसली एक करके आता हूँ।....... उमेश।

नहीं भाई इसमें उसका कोई दोष नहीं मैंने ही अतुल को उकसाया है जो सजा देनी है मुझे दो और याद रखना पिताजी और माँ मई अगर शादी करुँगी तो सिर्फ अतुल से।

शर्म नहीं आ रही तुझे एक तो अपना मुँह काला करवा बैठी है और ऊपर से इतनी ऊँची आवाज में हमसे निर्लज्ज हो कर अपनी शादी की बात कर रही है ...... ठहर तू तुझे तो बताती हूँ .... दीपा देवी ने अब तो लक्ष्मी को छड़ी से पीटना शुरू कर दिया।

घर में कोलाहल वाला माहौल हो गया लक्ष्मी के रोने की आवाज़ और दीपा देवी के क्रोधी स्वर से घर गूँज रहा था तो पडोसी आ आ कर घर के दरवाजे पर झाँकने लगे।

अरे जाओ आप लोग दुसरे के घर में झाँकने में आपको क्या मजा आ रहा है ?...... विपुल देव जी ने अपने पड़ोसियों की हरकतों पर ताना मारते हुए कहा।

पडोसी सहम कर अपने घरो में चले गए। क्योकि आज तक विपुल देव जी के घर में ऐसा कुछ न हुआ था तो पड़ोसियों के लिए भी एक कोतुहल का विषय था की आखिर लक्ष्य को क्यों पीटा जा रहा है।

उधर उमेश ने गुस्से में पहले अपने घर के फ़ोन से अतुल को फ़ोन किया तो अतुल की माता ने फ़ोन उठाया ... हेलो अतुल !

नहीं में अतुल की माँ बोल रही हूँ ! आप कौन ?
मैं उमेश ! कहाँ है वो आस्तीन का सांप अतुल बताओ मैं उसे नहीं छोड़ूंगा
....

क्या हुआ उमेश बेटा .... आज ऐसी बात क्यों कर रहा है ?
ये बात तो आप भी अच्छे से जानती हो माता जी लेकिन मुझे तो उस दोस्ती की पीठ पर खंजर भोकने वाले आस्तीन के सांप से एक बार बात करनी है .... मेरी बात कराओ उस कुत्ते से.... उमेश आवेश और गुस्से में आ कर जो कुछ बुरा कह सकता था अतुल की माँ से कहे जा रहा था।

अतुल की माता ने अतुल को फ़ोन दिया तो उमेश ने अतुल को फ़ोन पर धमकी दे डाली की जिन्दा नहीं बचेगा तू ..... मेरी ही बहिन मिली थी तुझे बर्बाद करने को ... अरे डायन भी ७ घर छोड़ कर घात करती है गद्दार ..... अपनी पुरानी प्रेम कहानी के बदले तुझे मेरा ही घर मिला था इस घटिया काम के लिए .....

देख उमेश मेरी कोई गलती नहीं ..... तेरी बहन ही मुझे कई बार प्रोपोज़ कर चुकी थी ... तो मैं क्या करता ..... और अब जब तुझे और तेरे घर वालो को पता चल ही गया है तो हमारे रिश्ते को स्वीकार कर लो ......
अतुल ने बड़ी निर्भीकता से ये शब्द उमेश से कह डाले

उमेश ने कहा की उसकी बहन की भले ही कभी शादी न हो लेकिन दोस्ती में धोका देने वाले और अतुल तेरे जैसे लड़के से तो मैं अपनी बहन की शादी कभी होने भी न दूंगा। क्योकि मैं जानता हूँ की तू क्या है। और तेरी औकात क्या है।

इतना कह उमेश ने गुस्से में फ़ोन रख दिया।

इधर विपुल देव जी माथे पर हाथ लगा कर बैठे हैं और दीपा देवी जी लक्ष्मी की पिटाई कर थक गई और अपने हाथो को खुद से मालिश कर रही है यह कहते हुए की इस करम जली ने तो कहीं का नहीं छोड़ा। अब समाज में किसको अपना मुँह दिखाएंगे हम।

उमेश अपने माता पिता को समझाने का प्रयास कर रहा है।

पिता जी और माता जी इसने जो किया अब इसको ज्यादा छूट देना आपके लिए और घातक सिद्ध होगा इसलिए जितनी जल्दी हो एक सही परिवार देख कर इसको विदा कर दो। और अब इसपर भरोसा न किया

जाये ये ही आप लोगो की सेहत के लिए लाभदायक रहेगा।

अतुल को जितनी अच्छी तरह से मैं जनता हूँ आप लोग नहीं। वह मेरा दोस्त है लेकिन पहले जब तक वह शरीफ था तब तक मैंने भी उसका सहयोग किया लेकिन कालेज की अधूरी पढाई में तो कई समय तक वो मुझसे मिला भी नहीं और जब एक समय वह किसी अन्य लड़की के प्रेम प्रसंग में फंसा था तो उसने खुद ही मुझसे दूरी बना ली थी। वो तो दोस्ती के नाम पर एक गहरा धब्बा है।

मैं उसे कभी भी माफ़ नहीं कर सकता।

उमेश की बातो को आज उसके माता पिता बिना कोई सवाल किये चुपचाप सुने जा रहे थे और बीच बीच में सहमति हेतु सर हिला कर संकेत दे रहे थे ..... उमेश को लग रहा था की अब उसके माता पिता उसकी बात को अच्छे से समझ रहे हैं और मान भी रहे हैं।

उमेश ने तो लक्ष्मी हेतु यह भी कह दिया की पिता जी अब इसको कालेज की पढाई रेगुलर न करवाके प्राइवेट परीक्षा से पढ़वा लेना ही उचित रहेगा। क्योकी इसके लक्षण अब विश्वाश करने लायक नहीं हैं। अब लक्ष्मी पर सख्त नजर की आवश्यकता है। जो इतनी काम उम्र में इतने हद को पार कर गई उसका क्या कल के दिन न जाने क्या कर बैठे।

विपुल देव जी ने उमेश की बातो से पूर्ण सहमति जताते हुए आश्वाशन दिया की अब वे लक्ष्मी पर कम से कम इस मामले में तो भरोसा नहीं कर सकते हैं।

7

घर में परिवर्तित माहौल के बीच उमेश भी अपने भविष्य के प्रति चिंतित था पढाई के साथ साथ आये दिन रोजगार की विज्ञप्तियों को देखता और जो उसकी प्राप्त शिक्षा के अनुकूल होता वह फॉर्म भर देता। ऐसे ही कभी उमेश ने अपने साथियो के साथ मिल का कभी मर्चेंट नेवी के १ वर्ष की ट्रेनिंग हेतु फॉर्म भरा था जिसका की बुलाव पत्र आज उमेश के हाथ में है और वह बड़ी ख़ुशी से अपने माता पिता से इस बात को कहने के लिए बेचैन था।

घर आते ही उसने अपने माता पिता को बताया की वाराणसी में कोई सन्स्थान है जो की १ वर्ष की ट्रेनिंग देने के बाद मर्चेंट नेवी में नौकरी भी प्रदान करने का ऑफर दे रही है और इसके लिए उमेश ने फॉर्म अप्लाई किया था जो की आज उसको बुलाव पत्र आया है। फीस भी ज्यादा नहीं है और रहना खाना सभी उस संस्था की तरफ से।

इतना सुनते ही दीपा देवी जी बोल पड़ी अरे आजकल तो ऐसे नौकरी का लालच देने वाले कई फ़र्ज़ी सन्स्थान हैं जो की नौकरी के नाम पर बस पैसे हड़प लेते हैं और बच्चो को कुछ भी प्राप्त नहीं होता। और वैसे भी वाराणसी तो बहुत दूर है।

उमेश ने कहा माँ वाराणसी तो उत्तरप्रदेश में ही है कहाँ दूर , ये अच्छा मौका है माँ एक बार यहाँ प्रवेश मिल गया तो जीवन सुधर जायेगा। मगर दीपा देवी ने उमेश की बात न सुनी और उमेश को अपनी परास्नातक की पढाई करने की ही सलाह दे दी।

घर के पिछले बिगड़े माहौल के बीच आज भी लक्ष्मी और उमेश आपस

में बात नहीं कर रहे थे। लक्ष्मी को तो उमेश में अपना दुश्मन सा नजर आने लगा था जैसे की लक्ष्मी के भविष्य को अंधकारमय करने का श्रेय उमेश को हो।

हालाँकि अतुल के बारे में लक्ष्मी भी ज्यादा नहीं जानती थी , फिर भी उस दिन उमेश ने लक्ष्मी को अतुल की सारी पिछली कहानी बता दी थी। फिर भी लक्ष्मी को उस बात का कोई फर्क नहीं था वह यह कहती थी की वो तो हर युवा वर्ग में होता ही रहता है , अट्रेक्शन होना तो स्वाभाविक ही होता है वगैरह वगैरह ..... पर उमेश ने भाई होने का पूरा फ़र्ज़ निभाने की कोशिश की और लक्ष्मी को फिर से भविष्य में अतुल से बात करने या उसके संपर्क में रहने से साफ़ मना भी कर दिया।

खैर इस बात को काफी दिन बीत गए थे तो विपुल देव और दीपा देवी जी भी उस घटना को भुला कर लक्ष्मी को सही राह में चलने हेतु प्रेरित करते रहते थे।

उमेश क्योकि नौकरी की तलाश में भी काफी कोशिश में लगा रहता था तो उसकी कोशिश आखिर एक दिन सफल हो ही गई। दिल्ली में रेलवे विभाग में उमेश को स्नातक स्तर की अच्छी नौकरी प्राप्त हो गई। नौकरी में जाने से पहले उमेश ने अपने माता पिता को फिर से समझाया की लक्ष्मी का भी जितनी जल्दी हो सके कोई अच्छा लड़का देख कर रिश्ता तय कर देना और अब तो घर में कमाने वाले उमेश और उसके पिता थे ही।

उमेश अपने नौकरी हेतु दिल्ली चला गया। दिल्ली से वह अपने माता पिता से फ़ोन पर बात चीत करता रहता था और सभी के हाल जान लेता। सब कुछ ठीक ही चल रहा था।

एक दिन दीपा देवी जी ने फ़ोन पर उमेश को जानकारी दी की उमेश का दोस्त अतुल भी फ़ौज में भर्ती हो गया और उसके माँ बाप ने उसकी शादी भी कर दी है।

उमेश ने जब जानना चाहा की उसकी माँ को ये बात कैसे पता तो तब दीपा देवी ने उमेश को बताया की उमेश के दिल्ली चले जाने के बाद एक दिन अतुल की माता जी दीपा देवी से मिलने घर पर आई थी और लक्ष्मी से अतुल के फ़ौज में भर्ती होने की खबर दी और साथ साथ अतुल के

रिश्ते की बात करने लगी। दीपा देवी भी इस रिश्ते के लिए राज़ी हो गई। जब लक्ष्मी को इस बात का पता लगा तो वो बहुत ही खुश थी और उस समय उमेश को इस बात की जानकारी इस लिए नहीं दी क्योकि उमेश कभी नहीं चाहता था की अतुल जैसा बेकार लड़का उसकी बहन से शादी करे। इस बात को दीपा देवी भली भाँती जानती थी की उमेश को अतुल से कितनी नफरत हो गई थी आखिर अतुल ने दोस्ती की आड़ में धोखा जो दिया था।

अब वे लोग उमेश से छुपा कर लक्ष्मी का रिश्ता अतुल से तय करने की ही तैयारी में थे की अतुल की माँ ने विपुल देव जी से दहेज़ की मांग सामने रख दी और कहने लगी की लक्ष्मी तो अतुल से प्रेम करती है उसके लिए तो आप कुछ भी दहेज़ दे सकते हो। हालाँकि शादी ब्याह में दहेज साधारण सी बात थी मगर फिर भी विपुल देव जी और दीपा देवी ने अतुल की माता जी से पूछ लिया की कितना दहेज़ लेंगे ?

तो अतुल के माँ की दहेज़ की डिमांड सुन कर विपुल देव जी और दीपा देवी जी के तो पैरो की जमीन सरक गई। २० लाख रुपये नगद और गाडी की अलग से डिमांड थी अतुल के परिवार की। जब अतुल से इस बारे में दीपा देवी ने बात की तो अतुल भी कहने लगा की सरकारी नौकरी वाले को इतना दहेज़ देना तो लाज़मी है।

जब दीपा देवी और विपुल देव जी ने इतना दहेज़ देने में अपनी अक्षमता प्रदर्शित की तो अतुल की माता ने दीपा देवी को लक्ष्मी और अतुल के प्रेम प्रसंग की बात कह डाली और कहने लगी की देख लो आपकी ही बेटी हमारे बेटे के पीछे पड़ी है , अब हमारे बेटे को तो आपकी बेटी से वैसे भी लगाव नहीं रहा , फिर भी आपकी ख़ुशी के लिए हम आपके पास बेटे का रिश्ता पहले ले कर आये हैं।

ये सब बातें सुन कर दीपा देवी जी को महसूस हुआ की अतुल का परिवार और खुद अतुल भी कितना लालची और बेकार इंसान है।

दीपा देवी ने इस रिश्ते से साफ़ साफ़ मना कर दिया और विपुल देव जी को भी अतुल और उसके लालची परिवार की हरकतों और इरादों के बारे में बता दिया।

जब दीपा देवी ने लक्ष्मी को इस हक़ीक़त के बारे में बताया तो लक्ष्मी को

अपनी माता के कथन पर विश्वाश नहीं हुआ और वह अतुल से ही विवाह करने की जिद पर कायम थी। अब तो दीपा देवी ने लक्ष्मी की जिद को न मान कर लक्ष्मी को साफ़ साफ़ कह दिया की अभी वह अपने पढाई पर ही ध्यान दे और ऐसे लालची परिवार में शादी करने की तो न ही सोचे।
उमेश को जब ये सब बात पता लगी तो उसने दीपा देवी पर गुस्सा किया और बोलै की क्या जरूरत थी उन लोगो से रिश्ता जोड़ने की कोशिश करने की। जब अतुल की माँ रिश्ता ले कर खुद आई थी तो तब ही क्यों नहीं मना कर दिया ? मैंने तो आप सभी को समझाया था की वो लोग ठीक नहीं हैं। खैर कोई बात नहीं अब तो उसका रिश्ता कही और हो गया है अब आप लक्ष्मी का ध्यान दो और उसको समझाओ।
इधर लक्ष्मी के जीवन में इस प्रकार के उतार चढ़ाव से लक्ष्मी को अपने अतुल से रिश्ता न होने और अतुल की शादी कही और होने का गहरा सदमा सा हो गया था और वो इसके लिए अपने पिता विपुल देव और अपनी माँ दीपा देवी को दोषी समझने लगी। दीपा देवी के लाख बार समझने पर भी लक्ष्मी कभी उनकी बात न समझ सकी और एक दिन तो रोते हुए उसने अपने पिता विपुल देव को कहा......... वह अब ऐसा काम करेगी की आप कही अपना मुँह दिखने लायक नहीं रहोगे। बहुत इज्जतदार बनते हो समाज में .... न जाने क्या क्या कहने लगी ....
विपुल देव जी को लक्ष्मी की बात सुन कर बड़ा अफ़सोस होने लगा और वो कहने लगे की बेटी तुझपर तो हमने अपने बेटे से ज्यादा भरोषा किया था मगर तूने ही तो वो भरोषा तोडा है .... बता हमारा क्या दोष ..... और अब तो अतुल से रिश्ता भी होने जा रहा था लेकिन तुझे तो बताया था न की वो कितने लालची लोग निकले .... और जिस अतुल के लिए तू हमसे लड़ने को तैयार है वो भी तो तुझे कुछ मानता तो अपनी माँ और पिता को समझाता। बेटी वो लालची लोग थे और तेरे प्रेम सम्बन्ध का नाजायज फायदा लेने के लिए ही अतुल का रिश्ता ले कर हमारे घर पर आये थे।
परन्तु लक्ष्मी तो मानो किसी की बात सुनने और समझने को तैयार ही न थी।
फिर भी दीपा देवी लक्ष्मी का हमेशा ख्याल रखती थी की कही मानसिक

तनाव में आकर कोई गलत कदम न उठा ले।

8

वक़्त का पहिया अपनी रफ़्तार पर था। दिन महीने बीतते जा रहे थे उमेश दीपावली की छुट्टी पर अपने माता पिता से मिलने घर आ गया था। एक दिन बातो ही बातों में दीपा देवी जी ने विपुल देव और उमेश को कहा की अब वो अपनी बेटी को मेडिकल से सम्बंधित डिग्री दिलाना चाहते हैं और उसके लिए उन्होंने फॉर्म भी भर लिए हैं। पड़ोस की ही एक लड़की ने भी उस कोर्स हेतु आवेदन किया है।

और कोर्स चलने वाली संस्था थी बेंगलोर में।

अरे बाप रे इतनी दूर .... उमेश ने बड़े आश्चर्य से अपनी माँ की तरफ देखते हुए कहा।

हाँ तो क्या हर्ज है .... दीपा देवी

अरे माँ इतनी दूर इसको भेजना सही नहीं है .... अतुल वाला किस्सा तो आपको पता ही है जब ये यहाँ रह कर अपनी पढाई सही से नहीं कर सकी तो इतनी दूर की जिम्मेदारी कौन लेगा ?

इतने में लक्ष्मी बीच में बोल पड़ी .... मैं अब समझ गई हूँ। और मुझे अपने पुरानी गलती का भी अहसास है .... और यकीन रखो एक बार मुझ पर भरोषा करलो में आपलोगो का विश्वाश बिलकुल भी नहीं तोडूंगी। अपनी पढाई मन लगा कर करुँगी और वैसे भी मेडिकल के कोर्स के बाद नौकरी भी आसानी से मिल जाएगी। प्लीज पापा ... प्लीज भाई .....

उमेश ने अपने माता पिता को एक बार फिर से समझाया की जब मैं इस लड़की को यहाँ के कालेज में ही रेगुलर पढ़ने भेजने के पक्ष में नहीं था तो अब तो आप इसको यहाँ से हजारो किलोमीटर दूर पढाई के लिए भेजना

चाहते हैं। मैं तो अभी भी भरोसा नहीं कर सकता हु और मेरी तरफ से तो मना है बाकी आपकी इच्छा।

महाभारत में आपने धृतराष्ट्र का दुर्योधन के प्रति प्रेम और स्नेह तो देखा ही होगा। धृतराष्ट्र जानते थे की दुर्योधन गलत है और अपने भाइयो के प्रति उसका ब्यवहार भी गलत है , लेकिन पुत्र मोह में खोये धृतराष्ट्र ने कभी दुर्योधन की गलत नीतियों और हरकतों को गौर नहीं किया और हर बार दुर्योधन का ही साथ दिया, जिसका परिणाम सबके सामने अंततः आ ही गया।

ठीक वैसे ही दीपा देवी जी और विपुल देव जी का प्रेम और विश्वाश अपनी पुत्री के प्रति बरक़रार ही था और अबकी बार तो लक्ष्मी ने माता पिता से पुरानी गलती की माफ़ी मांग कर दोबारा ऐसा न कर पढाई पर ध्यान देने का वादा जो किया था , अतः लक्ष्मी का दाखिला बेंगलोर के मेडिकल कालेज में कर दिया गया।

उमेश भी अपनी नौकरी पर वापस चला गया था और माता पिता के फैसले को स्वीकारना उसकी भी मजबूरी बन गई थी।

9

अब सब कुछ सामान्य सा लग रहा था। उमेश भी कभी कबार लक्ष्मी के खाते में पैसे भेज दिया करता था ताकि लक्ष्मी को पढाई में या हॉस्टल में किसी प्रकार की कोई समस्या न आये, बाकि विपुल देव जी तो हर महीने लक्ष्मी को पैसे भेजते ही रहते थे।

अब तो आधुनिक युग में प्रवेश के साथ साथ सभी के हाथो में मोबाइल फ़ोन होने लगे थे और एक दुसरे से बात या संपर्क करने हेतु यह सबसे बढ़िया साधन बनता जा रहा था।

एक दिन विपुल देव जी ने उमेश को फ़ोन किया तो बढ़ी ही घबराई हुई आवाज़ में उमेश से कुछ कहना चाहते थे।।

हेलो ! हे .. लो .... हाँ ... बेटा.............

हाँ पिताजी प्रणाम ..... कहिये - उमेश

बे .... बेटा .... और इतना कहते ही विपुल देव जी रो पड़े।

फ़ोन पर इस प्रकार से विपुल देव जी को बात करता सुन उमेश घबरा गया और पूछने लगा ... क्या हुआ पिताजी ? बताइये मुझे ? माँ कैसी है ? सब ठीक तो है न ?

माँ तो ठीक है बेटा और मैं भी ठीक हूँ पर .... विपुल देव जी

पर क्या पिताजी - उमेश

पर बेटा एक बार तेरा कहा हुआ फिर से सत्य हो गया बेटा .... तूने हर बार हमको समझाया मगर मैं तेरी माँ की बातो पर पहले से ही ज्यादा भरोषा कर लेता हूँ , जिसका खामियाजा रह रह कर मुझको भुगतना पड़ रहा है - विपुल देव

पर हुआ क्या पिताजी? आप साफ़ साफ़ कहिये - उमेश

अरे बेटा वो कुल का कलंक ..... वो कलंकनी एक बार फिर मेरे मुँह पर कालिख पोत गई मेरे बेटे - विपुल देव

क्या हुआ पिताजी - उमेश

अरे बेटा लक्ष्मी ने शादी कर ली .... और वह अपने हॉस्टल में भी कई दिन से नहीं है , हॉस्टल में उसकी सहेली से बात की तो उसने बताया की वो कई दिनों से क्लास अटैंड करने भी नहीं आयी और हॉस्टल में भी नहीं दिखी....... और उसका मोबाइल नंबर भी बंद था कई दिनों से। आज जब फिर से उसको फ़ोन लगाया तो किसी राकेश नाम के आदमी ने फ़ोन उठाया और बोला की लक्ष्मी से उसने शादी कर ली है और अब वो उसी के साथ रहती है , और दोबारा उसको फ़ोन नहीं करना।

उमेश ने जब यह सुना तो वह अपने माता पिता पर फिर से गुस्सा हुआ और कहने लगा की मैंने आपको पहले भी समझाया था अब भुगत लो। अब क्या कर सकते हैं अब तो उसने जो करना था कर दिया।

फिर भी मैं उससे एक बार बात करूँगा यहाँ से... आप अब कोई चिंता न करो उसने अपनी किस्मत खुद लिखने की सोची है और अपना रास्ता खुद ही चुना है तो आप अब उस लड़की से कोई उम्मीद न रखो।

उमेश ने अपने पिता को समझाने के बाद लक्ष्मी के मोबाइल पर कॉल किया तो फ़ोन फिर से राकेश नाम के आदमी ने रिसीव किया।।

हेलो ...

हाँ जी बोलिये मैं राकेश बोल रहा हूँ।।

देखिये फ़ोन लक्ष्मी को दीजिये। मैं उसका भाई बोल रहा हूँ। - उमेश

आपको जो बात करनी है मुझसे कीजिये - राकेश

आपसे क्या बात करे आपको तो हम जानते भी नहीं - उमेश

मैं लक्ष्मी का पति बोल रहा हूँ - राकेश

मुझे आपसे कोई लेना देना नहीं और न ही मैं आपसे बात करने का इच्छुक हूँ आप लक्ष्मी को फ़ोन दो - उमेश

हेलो - लक्ष्मी बात करने को आती है i

हेलो लक्ष्मी आखिर तूने अपने मन की कर दी। माँ बाप के सपनो को रौंद कर तू खुश कैसे रह सकेगी, हमारी समाज की इज्जत का तो ख्याल

करती पागल लड़की - उमेश
ऐसा है ये शादी मैंने अपने मन से की है। और मैं बालिग हूँ तुम लोगो को सिखाने के लिए मेरे पास इससे अच्छा सबक नहीं था , और आइंदा से न मुझे कॉल करना और न ही मेरे बारे में पता करना की मैं कहाँ हूँ। न ही मेरा तुम्हारे परिवार से मतलब है न वो मेरे माँ बाप न ही मैं उनकी बेटी और न ही तेरी बहन और तू मेरा भाई। दोबारा बात भी न करना ठीक है। समझ लेना की मैं तुम्हारे लिए मर गई हूँ क्योकि मैंने भी तुम सभी को अपने लिए मरा हुआ मान लिया है। और मुझे चैन से जीने दो। - लक्ष्मी
ओके अच्छा है फिर तू दोबारा हमारे परिवार के भी संपर्क में आने की कोशिश न करना तूने अपनी लाइफ खुद चुनी है इसलिए ये मेरा तेरे लिए आखरी कॉल होगा। -इतना कहने के साथ उमेश ने फ़ोन बंद कर दिया और अपने पिता को फ़ोन लगाया और उनको सारी जानकारी दी और लक्ष्मी से दोबारा कभी संपर्क न करने को कहा।
पिताजी उसने ये रिवेंज मैरिज की है सिर्फ आपलोगो को नीचे दिखने के लिए..... याद है न बेंगलोर जाने से पहले उसने एक दिन गुस्से में आपको क्या कहा था?

याद है या नहीं उसने कहा था की वो ऐसा कुछ काम करेगी की "आप मुँह दिखने लायक नहीं रहोगे समाज में", और आज उसने वो ही काम को अंजाम दिया है।
असल में लक्ष्मी तो अपने माँ बाप के नाम को नीचा दिखाने की फ़िराक में उस ही दिन से हो गई थी जब अतुल की शादी किसी और से हो गई और लक्ष्मी ने बिना सच जाने अपने परिवार, अपने माता पिता को अपना सबसे बड़ा दुश्मन बना लिया।
इतना लाड इतना प्यार करने के बाद और इतना अँधा विश्वाश करने के बाद एक बेटी ने उस पिता के हृदय को दुखी किया था जिसने की कभी अपनी बेटी पर उसकी किसी भी गलती पर हाथ तक उठाना गुनाह समझा था। बेटो से ज्यादा बेटी को मान कर क्या इस पिता ने कोई गलती कर दी थी। या ऐसी परवरिश उस बेटी को न दे पाए जो की एक सभ्य समाज में जरूरी थी।
विपुल देव की आँखों से सभी पुरानी बातो को याद कर कर कर आंसू आ

गए। कभी वो सोचते रहते की क्या करे अब कैसे जियें। समाज में जो मान सम्मान था वह तो बेटी की वजह से चला गया , अब इज्जत से जीने के लिए क्या बच गया? जो घर की इज्जत थी वो तो बेइज्जत करके चली गई।

उमेश ने कई बार अपने पिता को समझने का प्रयास किया और साफ़ साफ़ शब्दों में विपुल देव जी को समझने का प्रयास किया की अगर लक्ष्मी ने इतना बड़ा कदम सिर्फ इसलिए उठाया है की वो आपका नाम समाज में ख़राब करे तो आप भी अब ऐसी बेटी से कोई रिश्ता न रखें। अपनी माता जी को समझाते हुए उमेश ने यही बात कही और क्योकि मुकेश ने स्वयं लक्ष्मी के कटु शब्दों को फ़ोन पर सुना भी था तो उमेश के दिल में लक्ष्मी के प्रति गहरी नफरत पैदा हो गई थी और अब वह चिंतित था तो बस अपने माता पिता के लिए।

उमेश के माता पिता ने उमेश की बात को मानने में ही भलाई समझी और लक्ष्मी से दोबारा बात न करने का प्रण लिया।

अब उमेश के माता पिता जल्दी से जल्दी अपने इस दुःख को भुनाने की कोशिश करने में थे इसलिए उन्होंने उमेश की शादी तय कर दी , ताकि बहू के घर में आने से लक्ष्मी के दिए गए घावों को धो सकें और अपनी आगे की जिंदगी शांति से जी सकें।

उमेश भी माता पिता की ख़ुशी हेतु रिश्ते के लिए मना न कर सका और उमेश भी परिणय सूत्र में बंध गया।

शादी के बाद उमेश ने अपनी पत्नी को माता पिता की सेवा हेतु उनके साथ घर पर ही रहने दिया और खुद अपने नौकरी पर चला गया।

10

विपुल देव जी की पूरी नौकरी के दौरान विपुल देव जी ने अपनी धर्म पत्नी दीपा देवी के धन संचय करने की कुशल नीति के कारण अच्छी खासी बचत कर अपने लिए शहरी क्षेत्र में एक आशियाना बनवा लिया। सब कुछ बहुत अच्छे से चल रहा था, उमेश को भी एक पुत्री रत्न की प्राप्ति हो चुकी थी। उमेश के बेटी के साथ दादा एवं दादी बहुत ख़ुशी ख़ुशी अपना जीवन यापन कर रहे थे।

लक्ष्मी द्वारा दिए गए घावों को विपुल देव जी व दीपा देवी भूलने की कोशिश करते थे पर एक माँ बाप के लिए यह कठिन होता है की वो अपनी जीवित संतान को भूल जाये चाहे उसने कितने ही गलत कर्म किये हों। फिर भी जब से उमेश की बेटी हुई विपुल देव एवं दीपा देवी जी को पुराणी बातो को सोचने का समय नहीं मिलता और वो सदैव खुश रहने की कोशिश करते थे। उमेश भी फ़ोन से घर के हाल चाल पता करता रहता था, छुट्टी मिलने पर अपने माता पिता एवं बच्चो से मिलने साल में तीन चार बार छुट्टी ले कर आ ही जाता था।

सब कुछ सामान्य हो रहा था कि अचानक एक दिन लक्ष्मी अपने हाथ में एक बैग लिए रोते हुए आई और अपने पिता विपुल देव जी और माता दीपा देवी के पैरो पर गिर गई। अचानक इस प्रकार से लक्ष्मी को अपने सामने देख दीपा देवी ने लक्ष्मी को गले से लगा लिया और फफक फफक कर रोने लगी कि विपुल देव जी ने कड़े स्वर में दीपा देवी को लक्ष्मी से दूर रहने को कहा और लक्ष्मी को तुरंत अपने घर से यह कर कर निकल जाने को कहा कि अब वह हमारी खुशाल जिंदगी में फिर से दखल न दे

और जो रास्ता उसने चुना है उस पर ही कायम रहे आखिर इतने साल बाद वो क्यों घर आयी है ?

लक्ष्मी ने रोते हुए अपने कर्मो कि माफ़ी मांग अपनी माता दीपा देवी को अपना हाल सुनना चाहा

माँ वो बहुत मारता है मुझे .... जानवरो से भी ज्यादा बदतर ब्यवहार करता है वो मुझसे ....।

चुप हो जा लक्ष्मी मुझे सही से बता क्या बात है और तूने तो उस से खुद कि इच्छा से और हमारे खिलाफ जा कर शादी कि थी ....।

तुझे तो हमने पढ़ने के लिए भेजा था पर तूने तो उस समय हमारी इज्जत उछलने में कोई कसर न छोड़ी थी .... आज क्यों वापस आ कर अपना दुखड़ा सुना रही है ?

लक्ष्मी ने अपनी माँ द्वारा ऐसे शब्द सुन कर खुद के कर्मो कि सजा बताते हुए माफ़ी मांगने लगी।

लक्ष्मी अपनी करनी का लेखा जोखा अपनी माँ दीपा देवी जी को बताने लगी।

लक्ष्मी ने राकेश नाम के लड़के से अपनी मर्जी से शादी की थी और शादी के ३ साल बाद लक्ष्मी कि 2 संताने भी पैदा हो गई थी। शुरू शुरू में राकेश लक्ष्मी को कुछ कहता नहीं था पर शादी के बाद लक्ष्मी कि इधर उधर फ़ोन पर बात करने और लक्ष्मी के व्यवहार से वह परेशान होने लगा था और लक्ष्मी को टोकता था कि वह घर गृहस्ती पर ध्यान दे न कि ज्यादा इधर उधर कि बातो पर। इसी कारन लक्ष्मी राकेश को जवाब भी दे डालती थी जिस कारन राकेश ने लक्ष्मी पर हाथ उठाना भी शुरू कर दिया।

11

अतुल का रिश्ता कही और हो जाने के बाद से लक्ष्मी को हमेशा ही यह लगने लगा था कि इस संसार में उसके सबसे बड़े दुश्मन उसके माता पिता और भाई ही हैं। जिस कारन वह अंदर ही अंदर प्रतिशोध कि ज्वाला में जी रही थी और इस प्रतिशोद कि ज्वाला के चलते उसने अपने पिता को यह तक कह दिया था कि "वो ऐसा काम करेगी कि समाज में कहीं मुँह न दिखा पाओगे " जैसे शब्द भी कह डाले थे। उसके जीवन का मकसद जैसे अपने शब्दों को सार्थक करने भर तक ही रह गया हो।

अपने चरित्र को संयम में न रख कर और माँ पिता के भरोसे कि दिवार को तोड़ कर उसने न जाने कैसे राकेश से संपर्क स्थापित कर लिया था और अब वह राकेश को ही अपने माँ बाप से बदला लेने का मोहरा बनाना चाहती थी।

इस लिए अपनी बैंगलोर कि पढाई का बहाना ले कर वह घर से दूर होना चाहती थी ताकि वह किसी प्रकार से राकेश से शादी कर सके।

लक्ष्मी ने अपनी घुमावदार और चालाकी भरी बातो से अपनी माँ व पिता को उसका दाखिला बैंगलोर में करने हेतु मजबूर कर दिया था। विपुल देव जी और दीपा देवी को लक्ष्मी पर भरोसा हो गया था कि लक्ष्मी अपने जीवन के प्रति सजग हो चुकी है इस लिए उसका दाखिला मेडिकल कालेज बैंगलोर में कर दिया।

अपनी इस चाल का पहला भाग पूरा होते ही दाखिले के कुछ ही महीने बाद लक्ष्मी के दिमाग में चल रहे शैतानी ख्याल का दूसरा भाग उस समय पूरा हो गया जब उसने राकेश से छुप छुपा कर बिना अपने माता

पिता को बताये शादी कर डाली और उसके बाद फ़ोन पर अपने माता पिता और भाई को यह तक कह दिया था कि अब उसके जीवन में दोबारा आने कि जरूरत नहीं है।

लेकिन आज इतने साल बाद अपनी ही जुबान से मुकर कर लक्ष्मी का वापस विपुल देव जी और दीपा देवी से मिलने आना निःसंदेह संशय भरा ही था। विपुल देव जी ने इस बारे में उमेश को batana उचित समजा और उमेश को फ़ोन पर जानकारी दे दी।

उमेश ने तुरंत ही लक्ष्मी को उसके पति के पास वापस भेजने हेतु अपने पिता को बता दिया। उमेश का मानना था कि जब अपनी मर्जी से उसने शादी कि और कभी भी दोबारा उनसे सम्बन्ध न रखने का सोच लिया था तो आज किस कारन वो अपने २ बच्चो और पति को छोड़ कर वापस विपुल देव जी के घर आ गई।

लक्ष्मी रोती हुई अपनी समस्या बता रही थी कि विपुल देव जी ने उमेश का कहा मानते हुए लक्ष्मी को उसके पति के पास और बच्चो के पास वापस जाने को कह दिया और दोबारा उनके घर वापस न आने को कह दिया।

जब तूने सब अपनी ही मर्ज़ी का किया है................. तो इसमें हमारा क्या दोष ....

जा अपने बच्चो के पास और अपने उस पति के पास जिसके लिए तूने हमारी इज्जत का भी ख्याल न रखा ....।

और अगर तू नहीं जाती है तो बता अपने पति का फ़ोन नंबर में ही उसको तुझे यहाँ से ले जाने के लिए बता देता हूँ..............।

लक्ष्मी से दीपा देवी संवेदना जता रही थी कि विपुल देव जी ने दीपा देवी को साफ़ शब्दों में चेता दिया कि लक्ष्मी को उसके घर वापस जाने को कह दे।

दीपा देवी ने विपुल देव कि बात मान लक्ष्मी को कुछ पैसे हाथ में पकड़ा दिए और कह दिया कि वो अपने घर चली जाये और अपने आपसी झगडे को सुलझा कर अपना जीवन जिए।

लक्ष्मी को अपनी दाल गलती नजर न आयी और वह वहां से वापस चली गई।

हरीश जोशी

12

असल में लक्ष्मी को आज इतने साल बाद जब अपने माता पिता और भाई के बारे में जानकारी प्राप्त हुई कि अब वे ख़ुशी ख़ुशी शहर में अपने मकान में रहते हैं और उमेश कि शादी हो चुकी है और उसकी एक पुत्री भी है। जिसके साथ कि विपुल देव एवं दीपा देवी जी बहुत हसी ख़ुशी समय ब्यतीत करते रहते थे। लक्ष्मी को उनकी वो ख़ुशी गवारा नहीं हो रही थी। जिस हिसाब से लक्ष्मी ने सोचा था कि उसके गलत कारनामो से विपुल देव जी एवं दीपा देवी टूट जाएँगी और परेशान रहने लगेंगी यहाँ तो उसके विपरीत ही हो रहा था।

इधर राकेश के परिवार वालो ने भी लक्ष्मी को पहले तो स्वीकार नहीं किया लेकिन राकेश कि जिद और लक्ष्मी के शुरूआती सरल ब्यवहार को देख कर राकेश के घर वालो ने लक्ष्मी को अपनी बहू मान ही लिया। लेकिन जैसा कि लक्ष्मी पहले से ही चालक किस्म कि लड़की थी तो धीरे धीरे राकेश को भी उसकी हकीकत पता लगने लगी थी।

राकेश तो लक्ष्मी के प्यार में पड़ कर उसके गलत कदम में उसका साथ देने को तक तैयार हो गया और दोनों ने बिना एक दुसरे के माँ बाप को बताये कोर्ट में शादी कर ली।

लक्ष्मी ने जब विपुल देव जी के खुशाल परिवार के बारे में सुना तो लक्ष्मी को ये बात नागवारा लगी और उसने अपने रिवेंज मैरिज वाली बात एक दिन राकेश से तक कह डाली। उसने राकेश को जब यह बताया कि यह शादी सिर्फ लक्ष्मी ने अपने माता पिता को नीचे दिखने कि नियत से कि थी तब राकेश को बड़ा सदमा लगा , उसने लक्ष्मी के इस रूप को पहली

बार देखा था और वह दुखी था कि उसने एक ऐसी औरत के साथ अपने जीवन को बिताने का गलत निर्णय लिया था जिसने कि सिर्फ अपने माता पिता से बदला लेने के लिए उस से विवाह किया था।

आखिर राकेश भी तो एक इंसान ही था भावना , प्यार और रिश्तों का अहसास तो उसको भी होना लाजमी था।

जब लक्ष्मी ने राकेश को बताया कि अब वह राकेश से सिर्फ यह सहायता चाहती थी कि किसी तरह लक्ष्मी एक बार फिर से विपुल देव के जीवन में प्रवेश कर सके और उनके खुशाल परिवार कि खुशियों को ग्रहण लगा सके।

राकेश ने इस काम के लिए लक्ष्मी को साफ़ शब्दों में मन कर दिया और बता दिया कि लक्ष्मी को अब अपने मायके से कोई रिश्ता ही नहीं रखना चाहिए जब वह उसकी पत्नी है तो घर देखे और बच्चो को संभाले। जैसा राकेश छठा है वो ही कार्य करे। परन्तु लक्ष्मी के दिमाग में तो कुछ और ही तूफ़ान चल रहा था। वो रह रह कर राकेश से झगड़ने लग जाती थी , आखिर तंग आकर राकेश ने लक्ष्मी को एक दिन विपुल देव जी के घर जाने कि आज्ञा दे ही दी और उस दिन लक्ष्मी अपनी आँखों में मगरमच्छ के आंसू लिए अपने माता पिता पर भावनात्मक रूप से हमला करने आयी थी। परन्तु उमेश द्वारा पहले भी लक्ष्मी के सन्दर्भ में बार बार चेतावनी दिए जाने और उसको नदरअंदाज किये जाने का फल वो पहले ही भुगत चुके थे इसलिए अब वो सतर्क थे।

इस बार लक्ष्मी के मगरमच्छ आंसू देख विपुल देव जी ने अपना फैसला नहीं बदला था और लक्ष्मी को वापस उसके पति के पास जाने को कह दिया था। विपुल देव जी तो समझ रहे थे परन्तु दीपा देवी जी इस बात को न समझना चाहती थी उनको लगता था कि लक्ष्मी सच में अब अपने वैवाहिक जीवन में दुखी है और उसको सहायता करना दीपा देवी अपने माँ होने का फ़र्ज़ समझ रही थी।

भले ही लक्ष्मी विपुल देव जी के घर नहीं रुकी मगर दीपा देवी जी को अपना मोबाइल नंबर दे दिया और समय समय पर बात करने को कह गई। अब किसी भी समय लक्ष्मी अपनी माँ से फ़ोन पर बात करती रहती थी और घर के समाचार जान लेती।

रिवेंज मैरिज

13

राकेश को जब लक्ष्मी ने यह बताया कि उसके साथ की गई शादी सिर्फ लक्ष्मी ने अपने माता पिता को समाज में नीचे दिखने के लिए की थी, तब राकेश का लक्ष्मी के प्रति प्यार धीरे धीरे कम होने लगा था। वैसे तो वह लक्ष्मी को अपने घर की मर्यादा में रहने की हिदायत देता रहता था और उसके रवैये पर उसको कभी कबार टोक भी दिया करता था परन्तु जब से लक्ष्मी ने यह बात बताई थी उस दिन से राकेश का मन लक्ष्मी के प्रति खिन्न सा रहने लगा।

राकेश सोचता था की जो लड़की अपने जन्म देने वाली माँ और पिता का सम्मान न कर सकी वह राकेश या उसके माता पिता को तो न जाने क्या समझती होगी।

दिन प्रति दिन राकेश अब लक्ष्मी पर पारिवारिक अनुशाशन को बनाने हेतु कठोर होता जा रहा था और लक्ष्मी के घूमने फिरने और इधर उधर बात करने पर अंकुश लगाने लगा। इस बात से हमेशा ही उनके घर में कलेश का माहौल बन गया था।

असल में लक्ष्मी ने तो अपने माता पिता से बदला लेने की नियत से ही यह शादी की थी। और यह बात लक्ष्मी ने राकेश से कह भी डाली थी तो उनके पारिवारिक माहौल में कलेश होना तो संभव ही था।

परन्तु लक्ष्मी अपने शातिर और चालक स्वभाव के वशीभूत हो कर हमेशा ही वह काम अधिक करती थी जिसके लिए उसे मन किया जता था। पहले माता पिता की आज्ञा की अवहेलना और अब उस पति की आज्ञा की अवहेलना जिसके साथ चाहे बदला लेने की नियत से शादी की

हो पर शादी तो थी।

राकेश ने अपने शादी के बाद से लक्ष्मी को किसी भी प्रकार की कमी महसूस नहीं होने दी थी, परन्तु वह बेचारा लक्ष्मी जैसी खतरनाक औरत का पति था यह बात उसे बहुत देर में पता लगी।

दूसरी तरफ लक्ष्मी अब हमेशा दीपा देवी से फ़ोन पर बात करती तो राकेश की बुराई ही करती रहती और हमेश अपनी माँ से यह दर्शाने का प्रयास करती थी की वह अपने इस वैवाहिक जीवन में दुखी है। जिस बात से दीपा देवी हमेशा दुखी रहने लगी थी और उनको एक बार फिर से अपने बेटी लक्ष्मी के प्रति संवेदना शुरू हो गई। दीपा देवी अब अपनी बेटी के बारे में सोच सोच कर परेशान सी रहने लगी और इस कारन दीपा देवी जी का स्वास्थय में भी गिरावट आने लगी।

विपुल देव जी ने दीपा देवी से पुछा की उसको किस बात की तकलीफ है जो की वो दिन ब दिन कमजोर सी होती जा रहीं हैं तो तब दीपा देवी ने एक दिन लक्ष्मी से फ़ोन पर होने वाली बातो का हवाला दे दिया।

विपुल देव जी को दीपा देवी पर क्रोध तो आ रहा था मगर वो भी एक पिता ही थे आखिर जन्म से लेकर बेटी के उस गलत कदम उठाने तक तो बेटी को बड़े ही प्यार से पाला था, और विपुल देव जी दीपा देवी की बातो में आ कर लक्ष्मी की हर संभव मदद करने को तैयार हो गए।

विपुल देव जानते थे कि उमेश इस बात हेतु कभी राजी नहीं होगा की वो फिर से लक्ष्मी से संपर्क में रह रहे हैं इसलिए उन दोनों ने अब उमेश से इस बात को छुपाने का फैसला ले लिया और चुपचाप जब भी मौका लगता वो दोनों लक्ष्मी से मिलने तक चले जाते।

लक्ष्मी अब इस बात से खुश थी कि उसके माँ व पिता एक बार फिर से उसके जाल में फसते जा रहे थे। लक्ष्मी ने हमेश राकेश और अपने ससुराल वालो के खिलाफ विपुल देव व दीपा देवी को जानकारी देनी शुरू कर दी।

विपुल देव और दीपा देवी लक्ष्मी कि चालाकियों का एक बार फिर से शिकार बनने वाले थे पर अबकी बार लक्ष्मी किस तरह से अपने माँ बाप से बदला लेने वाली थी, इस बात से अनजान विपुल देव और दीपा देवी लक्ष्मी कि हर संभव मदद किये जा रहे थे।

हरीश जोशी

14

विपुल देव और दीपा देवी के लगातार लक्ष्मी से फ़ोन द्वारा संपर्क और कभी कबार लक्ष्मी से मिलने आने से अब राकेश को यह लगने लगा था कि शायद राकेश की शादी शुदा जिंदगी में जो उतार चढ़ाव आ रहा है उसका एक कारण लक्ष्मी का अपने माँ बाप से ज्यादा संपर्क साधना है। हालाँकि राकेश को लक्ष्मी के चरित्र का भी ज्ञान हो गया था। वह जानता था की लक्ष्मी फ़ोन पर लगातार किसी और ब्यक्ति से बात करती थी। इस कारण राकेश ने कई बार लक्ष्मी को समझाया और यहाँ तक की लक्ष्मी की हरकतों पर अंकुश लगाने के लिए उस पर हाथ भी उठाया था। पर लक्ष्मी जैसी औरतो को इन बातो का फरक इसलिए नहीं पड़ता क्योकि जिसने अपने माता पिता की इज्जत का मान न रखा हो उसके लिए पति क्या बाला थी।

वैसे तो राकेश यह भी जनता था की लक्ष्मी जैसी चालक औरत जिसने अपने माँ बाप को समाज में नीचा दिखने के लिए जबरन शादी की हो वह कैसे अपने माँ और पिता की बात को सुनेगी। फिर भी वह लक्ष्मी के ब्यवहार को भांप कर अब लक्ष्मी की किसी भी बात या हरकतों पर शक की निगाह रखने रखा था।

दूसरी तरफ लक्ष्मी को लगता था की वह अब अपने माँ बाप और भाई के परिवार की खुशियों को फिर से दुःख में बदल देगी इस कारन वह पूरी तरह से विपुल देव और दीपा देवी को अपने काबू में करना चाहती थी। वह जानती थी की विपुल देव और दीपा देवी शरीफ और सीधे साधारण लोग हैं और किसी के भी झांसे में आसानी से फंस जायेंगे और वो तो

आखिर उनकी बेटी ही थी, चाहे उसने अपने माता पिता का कितना ही दिल दुखाया हो और उनको कितना ही जलील किया हो आखिर वो उसकी चालाकियों में फंस ही जायेंगे।

लक्ष्मी की हर चाल सफल होती जा रही थी उसके माता पिता उसके झूठे आंसुओं के जाल में फंसते ही जा रहे थे। लक्ष्मी ने अब अपना पुराना प्रतिशोध फिर से शुरू कर दिया लेकिन अबकी बार उसको बहुत मेहनत करनी थी इस लिए वो शातिर औरत इस काम के लिए किसी भी हद तक गिरने को तैयार थी।

लक्ष्मी ने अपनी माँ और पिता को राकेश की झूटी शिकायत करनी तो पहले से ही शुरू कर दी थी इसके अलावा वो हमेशा अपने माता पिता से यह कहने की कोशिश करती थी की जो पढाई वह बीच में ही छोड़ कर वापस आ गई है वो वह पढाई पूरी करना चाहती है लेकिन उसका पति उसे अब पढ़ने नहीं देना चाहता और उसको बस बहुत पीटता है। लक्ष्मी ने दीपा देवी और विपुल देव को एक बार फिर से अपने जाल में आखिर फंसा ही लिया।

दूसरी तरफ उमेश इन सभी बातो से अंजान था, लेकिन लक्ष्मी के शहर वाले नए घर में आ जाने के बाद से वह अपने माता पिता के प्रति सतर्क हो गया और इस बात का हमेशा प्रयास करता था की कहीं फिर से विपुल देव जी और दीपा देवी लक्ष्मी के किसी जाल में न फंस जाएँ और जो खुशियां बड़ी मुश्किल से उसके माँ बाप के जीवन में लौट रही थी कही वो फिर से काफूर न हो जाये।

15

विपुल देव जी के जीवन में एक बार फिर से लक्ष्मी के शादीशुदा जीवन के कलेश की और उसके भविष्य की चिंता ने अपना कब्ज़ा करना शुरू कर दिया था। लक्ष्मी की चालाकियों और कु-नीयत का दीपा देवी और विपुल देव जी को अहसास तक न था।

दूसरी तरफ राकेश ने आखिर एक दिन लक्ष्मी को किसी दुसरे पुरुष के साथ बाजार में घुमते हुए देखा तो उसने लक्ष्मी से उस पुरुष के बारे में जानकारी देने को कहा जिस पर लक्ष्मी पहले तो इधर उधर के बहाने बनाने लगी थी। राकेश ने लक्ष्मी को चेतावनी दे डाली की आइंदा से न ही वो बाहर अकेले घूमने जाएगी और न ही वो फिर से अपने माँ बाप से कोई संपर्क रखेगी।

लक्ष्मी के शातिर दिमाग में एक गजब का प्लान बन रहा था। अब वह एक तीर से दो शिकार करने की तैयारी में थी, उसने अपने माँ बाप के सहारे से राकेश से अलग हो कर अपने नए प्यार के साथ जीवन गुजारने का मन बना लिया था।

लक्ष्मी के जीवन में राकेश का महत्व भी सिर्फ विपुल देव के नाम पर कलंक लगाने तक ही सीमित था, जब राकेश ने विपुल देव और दीपा देवी के परिवार को बर्बाद करने में लक्ष्मी का साथ देने से साफ़ इंकार किया तो लक्ष्मी ने इस काम के लिए किसी और शिकार की तलाश करनी शुरू कर दी और इसके लिए उसने साथ साथ अपने माँ बाप को भावनात्मक रूप से मजबूर करने का प्रयास किया। विपुल देव और दीपा देवी की बहुत ही सीधेपन का नुक्सान यह हुआ की वे दोनों लक्ष्मी के द्वारा बहाये गए

मगरमच्छ वाले आंसुओ के जाल में फंस गए।

राकेश से शादी के बाद हलाकि दोनों के तीन बच्चे भी हुए लेकिन लक्ष्मी को सिर्फ अपने प्रतिशोध को पूरा करने की सनक थी जिस कारन वह अपने बच्चो की भी परवाह नहीं करती थी। उसने राकेश से और अपने बच्चो से तक सम्बन्ध विच्छेद करने की ठान ली थी और इसके लिए उसने सहारा लिया अपने माँ बाप का।

अपने माँ बाप को राकेश की झूटी शिकायत और अपने आप को निर्दोष बताते हुए उसने ऐसा जाल बुना की दीपा देवी ने लक्ष्मी की हर संभव सहायता करने का मन बनाते हुए लक्ष्मी के पुराने मेडिकल के कोर्स को पूरा करने के लिए अपने नजदीकी शहर में लक्ष्मी का एक प्राइवेट कालेज में दाखिला करवा दिया और दूसरी तरफ राकेश से लक्ष्मी का कानूनी तौर पर तलाक भी करवा दिया। तलाकनामे में लक्ष्मी ने राकेश से किसी प्रकार की मांग भी नहीं की सिवाय इस बात के की बच्चो की जिम्मेदारी राकेश ही ले। आखिर लक्ष्मी को स्वतंत्र रूप से अपने दुसरे प्रेमी के साथ मिल कर अपने माँ बाप से बदला जो लेना था।

राकेश भी लक्ष्मी की ऐसी हरकतों से तंग आ चुका था और वह इस बात को तो कैसे बर्दाश्त करता की उसकी पत्नी का किसी गैर मर्द के साथ कोई नाजायज सम्बन्ध है इसलिए वो भी इस तलाक से खुश था और बच्चो की जिम्मेदारी लेने को तुरंत तैयार हो गया और तलाकनामे पर हस्ताक्षर कर दिए।

अब लक्ष्मी उसी शहर में एक कमरा किराये पर ले कर रहने लगी जहा उसका मेडिकल कालेज था। लक्ष्मी की माँ इस बात से अनजान थी की लक्ष्मी कितनी घटिया औरत है और उनके खिलाफ कितनी बड़ी शाजिश रच रही है। वह बेचारी माँ तो कभी कबार लक्ष्मी से मिलने उसके उस कमरे में चली जाती और कालेज की फीस से लेकर उसके रहने का खाने का खर्चा भी लक्ष्मी को देने लगी।

दीपा देवी अपनी बेटी का हाल चाल जानने और उसको महीने का खर्चा देने उसके कमरे में आती ही रहती थी। और लक्ष्मी का वह कोर्स भी समाप्ति को और था।

अब लक्ष्मी को इस बात का अहसास हो गया था की उसके भाग कर

शादी करने या उसके गलत कदम उठाने के बाद भी उसके माता पिता का जीवन सामान्य ही था और उसको लगता था की दुखी सिर्फ वो ही है बाकी उसके माता पिता और भाई सभी ख़ुशी ख़ुशी अपनी दुनिया में जी रहे हैं इस लिए वह विपुल देव और दीपा देवी को दुःख के सागर में घिरा देखना चाहती थी। जिस कारन उसने भाग कर शादी की वह तो कुछ हुआ नहीं इस लिए लक्ष्मी को अब एक अच्छा बहाना यह मिल गया था की राकेश से तलाक करवाने में विपुल देव और दीपा देवी ने ही मदद की और अब लक्ष्मी चाहती थी की उसके माँ बाप ही उसका पूरी देख भाल करें। बावजूद इसके की लक्ष्मी ने अपने जीवन में फिर से अपने कु चरित्र के कारन जो प्रेमी तलाश रखा था और उसके साथ वह ऐसे रहती थी जैसे की सच में पति और पत्नी हो।

इन सभी बातो से अंजान विपुल देव और दीपा देवी लगातार बेवकूफ बने जा रहे थे।

देखने और सोचने वाली बात यह है की आखिर कब तक ?

फिर से जो जाल लक्ष्मी ने अपने माता पिता के जीवन को दुःख में बदलने हेतु डाला था आखिर उसका अहसास विपुल देव और दीपा देवी को फिर कब होने वाला था ? क्योकि रिवेंज मैरिज ऐसे ही थोड़े न की थी लक्ष्मी ने। अभी तक की कहानी का सार तो बस यही निकलता है की जिसने जैसा बोया उसने वो ही पाया है। लक्ष्मी को भी अभी तक वही मिला जिसकी वह हकदार थी। उसके द्वारा बोया हुआ शैतानी बीज जो पेड़ बन कर अब लक्ष्मी को ही दुःख के फल दे रहा था पर लक्ष्मी को इस बात का अहसास अब तक न हुआ। भविष्य क्या होगा यह तो सभी जानते हैं क्योकि बुरे का अंत हमेशा बुरा ही हुआ है।

www.ingramcontent.com/pod-product-compliance
Lightning Source LLC
LaVergne TN
LVHW041546060526
838200LV00037B/1162
* 9 7 8 1 6 3 7 8 1 8 4 1 1 *